滄海叢刊

李韶歌詞集

李韶 著

1986

東大圖書公司印行

行政院新聞局登記證局版臺業字第〇一九七號

中華民國七十五年二月初版

李韶歌詞集

基本定價貳元貳角貳分

著作者　李　韶
發行人　劉仲文
出版者　東大圖書股份有限公司
總經銷　三民書局股份有限公司
印刷所　東大圖書股份有限公司
臺北市重慶南路一段六十一號二樓
郵撥：〇一〇七一七五—〇號

李韶先生歌詞集序

黃友棣

李韶（士秀）先生的歌詞創作，樸素之中，蘊藏着深邃的智慧。這四十年來，我為之譜成不少歌曲；因為詞句精煉，意境高逸，常獲聽衆激賞。為了作曲之故，我曾細心研讀其歌詞；故稍有一得之見。謹誌數言，以為之序。

李韶先生平素沉默寡言，具有「靜觀自得」的哲人品格。因靜觀，故能深入；因細察，故得貫通。心不外騖，故志澄明；口不多言，故言必有中。他的國畫與書法，造詣甚高；其水墨梅花，隸書筆法，早為藝林名士所器重。他以畫梅的筆觸作詞，故溫柔敦厚，簡潔幽雅；他以書法的功力鑄句，故柔中帶剛，清新脫俗。他生長於書香世家，心儀藝術，尤愛音樂；主持校務，能用樂教之力來增強訓導之功，常為同儕所稱道。

我與李韶先生的認識，是在抗戰結束的前一年（一九四四年）秋季。當時他在粵南（茂名），任德明中學校長；而我則在粵北（樂昌），任教於中山大學師範學院。南北阻隔，本來難以共聚；只因戰事影響，粵北地區奉命疏散，中山大學遷往東江，而教育廳則命我隨省立藝專遷往西江。藝專到達羅定之後，在安頓校舍的一段期間裏，我應諸位友好之邀，前往南部各校巡迴講學，推動樂教風氣；到了茂名德明中學，遂得與李韶先生相見。

德明中學與我，本有夙緣。該校在三十年代創立於香港，以紀念我國父　孫中山先生（德明是　國父的幼年名），其校歌是我早期的作品。由於戰事影響，德明中學從香港內遷茂名；因為辦理完善，聲譽遠播。我與李韶先生敍晤，可說是一見如故。我們談及為德明編作生活歌曲，校中同仁，皆感興奮。李韶先生立卽着手作歌詞，陸續送來；我在講學旅途上，也以最快的速度為之一一譜成樂曲，送還德明使用。

在抗戰結束後的數年中，赤潮泛濫，國人生活，顛沛流離，我們乃遷居香港。李韶先生在香港九龍主持德明校務，繼而協助江茂森先生創辦大同中學；近二十年來，並任珠海大學文學系教授，直至現在。此期中，李韶先生的歌詞創作，極能刻劃出我國同胞的艱辛實況；今三民書局輯印成集，以供同好，實在甚有意義。

李韶先生創作歌詞，開始是以學校生活為題材，譜成歌曲，用以勉勵學子振發向上。其後卽擴大範圍，以社會教育為目標，切實地要發揚詩教與樂教的精神。其抒情作品，感情真摯，以切身之感受，闡述愛國愛家，思鄉思親之情，感人肺腑。這些詩詞，非只道出了自己的悽酸，且亦道出衆人的悽酸；非只堅定了自己的信念，且亦堅定了衆人的信念。誠如陸放翁所說，「鏡裏流年兩鬢殘，寸心自許尚如丹」；以此深情，作成「我要歸故鄉」，「北風」兩首長篇歌詞，意境深刻，譜成大合唱曲，（正中書局印行），一九五一年八月演唱於臺北中山堂，甚獲讚美。其他歌詞如「寒夜」，「紅燈」，「中秋怨」，「桐淚滴中秋」等，皆有獨到的意境；作成歌曲之後，瞬卽唱遍國內與海外，深獲好評，連作曲者也沾光無限。

我在一九五七年，得到江茂森先生賜助，到歐洲義大利進修六年，專研中國和聲與作曲的方法。一九六三年返港之後，選出「歲寒三友」的題材，請李韶先生創作歌詞。期望藉此歌詞作曲，以運用中國風格的曲調，中國風格的和聲，去把中國風格的題材表揚出來。李韶先生用其卓越的國畫筆法，寫出松竹梅的高逸精神，譜成大合唱曲之後，（香港幸運樂譜社印行於一九六四年），每次演唱，皆獲讚許。中國文化協會，曾將此曲大量印贈國內及海外團體，使我們皆感榮幸。

李韶先生的歌詞創作，情摯意真，具有天然韻律；我只是替它披上音樂的彩衣，使其天生麗質，更得表彰而已。為此，我要向李韶先生再三致謝。

一九八三年十二月

李韶歌詞集目次

節日歌

紀念歌、祝壽歌

校歌及學校生活歌

抒情歌

民國四十一年獲文藝獎

我要歸故鄉

第一章 何處棲留

烏雲掩蓋白日，煞氣籠罩神州。
魔鬼張牙，豺狼狂吼。
東家逃，西家走。
路旁骨暴，水面屍浮。
爸媽活埋山上，弟妹餓死灘頭。
零仃孤苦，何處棲留？
淚橫流，淚橫流，何年何月，雪此大恨深仇！

第二章 清溪水

清溪水，慢慢流，流不盡我們的萬苦千愁。
清溪水啊！我羨慕你，
羨慕你還保存着純潔和自由。
我們受盡了欺騙，我們受盡了飢寒，
更受盡了殘害和羈囚。
我們要怒洒熱血，滙成浩蕩的洪流。
衝！衝！衝破鐵的牢籠，恢復我們的自由。

第三章 憶

憶當年，說也自由，笑也自由，
田中有桑麻稻麥，園裏有瓜果蔬豆，
穿也有，吃也有。

還記得，月白風清的時候，
爸爸現出愉快的顏容，媽媽露着微微的笑口，
吻着我們的臉，撫着我們的頭。
我要弟弟學小狗，弟弟要我學黃牛，
叫叫跳跳，盡情唱遊，
多麼親愛溫暖，多麼快樂優游。

到如今，山河變色，人物非舊，
自由快活，那裏尋求？

第四章　我要歸故鄉

我要歸故鄉，我要歸故鄉，
故鄉的民衆待拯救，故鄉的田園荒草長。
我們有自由正氣，我們有民主力量；
那怕鐵幕厚，那怕暴力強。
同胞們！
薪要臥，膽要嘗，
來！來！來！齊抖擻，上戰場。
反奴役，反屠殺，反極權，
肅清那強梁歸故鄉。

北風

民國四十一年獲文藝獎

第一章 北風

愁雲慘淡，北風怒號；石走沙驚，波翻濤倒。
悽愴！悽愴！恐怖！恐怖！
捲來冷酷寒流，遍揷無情鋒刀；
問誰避得宰割，那處不遭刮掃。
悽愴！悽愴！恐怖！恐怖！
萬家茅飛棟折，大地木槁草枯；屋角簷前，嗚嗚泣訴。
悽愴！悽愴！恐怖！恐怖！

第二章　海角之夜

波洶湧，石嶙峋，
淒風飄落葉，苦月對羈魂。
月是舊時月，影非舊時影，
蘆叢深處避腥塵。
羨歸雁，怕冬寒，
棲留海角不離羣。
故鄉遙，音訊杳，
暫借天涯寄此身。
風壹陣，月壹輪，
總是愁牽萬里人。

第三章 望春光

望春光，望春光，大地春回照四方。
惠風和，淑氣暢，瑟縮變活躍，青葱替枯黃，
萬物欣欣向艷陽。

望春光，望春光，大地春回照四方。
鳥兒歌，花兒放，劃破堅冰見綠水，撥開雲幕顯光芒，
萬物欣欣盡軒昂。

春光，春光，壹場春夢今惘惘，
凛冽北風難抵受，何時再見好春光？

莫惆悵，莫徬徨；冬已殘，春在望。
春在望，春在望，振我堅貞氣概，怕甚雨雪風霜，
努力更努力，迎接好春光。
迎春光，迎春光，大地春回照四方。
惠風和，淑氣暢，瑟縮變活躍，青葱替枯黃，
萬物欣欣向艷陽。

歲寒三友

民國五十四年中國文化協會印贈各地僑團演唱

第一章 松

峭壁巉巖月空明，悲風落葉一聲聲。
眼前鋒鍔最無情，一片凋零。
休震驚，長松屹立青青！
不屈撓，不敧傾，謖謖波濤吼不平。
風愈烈，濤愈興，草木也共鳴。
歲寒立節，霜老留名。
擎日月，撼雷霆。

第二章　竹

簾幕重重，深院寒風，
猗猗綠竹在牆東。
犯霜冒雪，棲鳳化龍，
七賢避地，六逸遊踪。
極目長空，斜月朦朧，
隔窗遙望，暗影幢幢。
思也無窮，恨也無窮，
盡寄蕭疎掩映中。

第三章 梅

冷雨瀟瀟，北風冽冽，
正是隆冬時節。
屐聲歇，音塵絕，自賞孤芳，滿懷高潔。
花如玉，枝似鐵，瘦影鬪霜雪。
相思情切，有恨欲憑誰說？
留得暗香襯明月。

第四章 三友頌

歌三友，頌三友，三友高風感我儔。
同聲相應，同氣相求。
堅貞可範，勁節長留。
君見否？松老，竹疏，梅瘦，
霜欺雪壓，永不低頭。
君莫愁！冰雪見春羞，
花自芳菲水自流。
生紫筍，吐蒼虬，銀英簇簇，綠萼油油，
燕語鶯歌互唱酧。
歌三友，頌三友，三友高風感我儔。
霜欺雪壓，永不低頭。堅貞可範，勁節長留。

中秋怨

月兒圓，月兒亮，
月兒今向誰家亮？
我沒兄弟，我沒有爹娘，
我沒有家，我沒有鄉。
金風穿我亂髮，涼露透我薄裳，
盈盈淚眼，欲閉還張，
往事一幕幕，印在月上。
月兒，月兒，為何這麼光亮？
照我慘白瘦臉，照我百結愁腸。

同是中秋，同是月亮，
昔日天倫敍樂，今宵變作孤獨淒涼。
淒涼！淒涼！
誰給我的？誰給我的？
你們想！你們想！

一九五四年溫哥華擧行卅二屆音樂節時，曾由 ELEANOR 女士獨唱此歌，獲得評判員譽為悽惻動人的佳作，溫哥華大學等學校，紛紛邀其演唱此歌，國人的近作，風行海外者，以此歌為顯著的一首。

桐淚滴中秋

煙初冷，雨纔收，
涼風聲聲咽，桐淚滴滴流。
苦難人又對中秋。
天欲墜，層雲厚，人寂寂，蟲啾啾。
明月幾時有？
抬倦眼，難消受，
隔江燈火，處處笙歌滿畫樓。
後庭花，韻悠悠，
問商女，為甚淹沒心頭？
國破不憂！家亡不憂！

跑步歌

跑，跑，跑。
衝，衝，衝。
跑到西，跑到東。
我們有丹心一顆，我們有熱血滿腔。
上前線，作先鋒，
那怕汗珠流，那怕赤錟紅！
衝！衝！衝！
跑，跑，跑。
衝，衝，衝。
上前線，作先鋒。

驪歌

別了！別了！從今兩地迢迢。
意綿綿，情悄悄，熱淚湧如潮。
溪流苦笑，明月偏灑灞橋。
別離話，訴不了，驪歌入雲霄。
欲綰行舟柳絲小，
但願你，乘長風，破巨浪，早達目標。
別了！別了！從今兩地迢迢。
情與誼，永交流，天涯也非遙。

輝煌進行曲

號角響，坦途上，青天白日旗飄揚。
兄弟們！姊妹們！挺着胸膛，豎起脊樑。
整齊步伐，奮發圖強，勇往邁進，對準方向。
我們是民族的新細胞，我們是國家的新力量。
我們以科學為甲冑，我們有主義作刀槍。
進！進！進！進入光明的大道。
進！進！進！進入國民革命的戰場。
兄弟們！姊妹們！挺着胸膛，豎起脊樑。
齊整步伐，奮發圖強。

寒夜

寒風沙刺刺，細雨淅零零。
沒有人影，也沒有蟲聲，
膽戰心驚，長夜漫漫何時明？
細聽，東南海，傳來陣陣怒潮聲。
細看，那天邊，隱現一顆啓明星。
忍耐少頃，雨漸收，風漸停。
東方將白，艷陽快昇。

竹簫謠

壹枝青竹做管簫，簫聲吹出嗚嗚調。
東家姦淫西家殺，南家搶刼北家燒。
壹枝青竹做管簫，夜半偷偷把魂招。
父母兄弟皆慘死，路旁白骨一條條。
最可恨，賊王朝，兇過豺狼惡過梟。
待得大軍歸來日，一刀殺盡決不饒。

紅燈

紅燈暗，紅燈明，紅燈前面是陷阱；
那兒會毀你靈魂，那兒會喪你生命。
紅燈暗，紅燈明，虛張冶艷色，充滿恐怖性。
為何這麽愚笨？踏向這段路程。
難道受了誘惑？也許瞎了眼睛！
紅燈暗，紅燈明，紅燈前面是陷阱；
走路的人們，當心！當心！警醒！警醒！

我愛梅花

民國七十年教育部公佈

我愛梅花，我愛梅花，我愛這潔白的梅花。
枝幹像鋼鐵般堅強不拔，
花兒像白壁般皎潔無瑕。
五瓣排列像五權分立，五瓣集中像五族一家。
暴雨狂風阻不住它發榮滋長，
嚴霜寒雪阻不住它燦爛光華。
我愛梅花，我愛梅花，我愛我們神聖的國花。
莊敬可範，自強堪誇。

節日歌

國慶歌

十月十日，自由鐘鳴。撥開黑暗，輝耀光明。
年年此日，普天同慶。
以熱血洗盡專制荼毒，以頭顱建起民主干城；
這是先烈奮鬪的功業，這是世界大同的先聲。
同胞們！同胞們！
同舟禦風雨，大家齊覺醒。
忠奸須辨別，邪正要分清。
保持民族獨立，維護人類和平。

偉大的華僑

民國四十一年僑委會用作華僑節歌

偉大的華僑，偉大的華僑啊！
捐輸血汗，灌溉自由民主之花；
獻身革命，打破君主專制鎖枷；
團結，團結，團結創造大中華。

偉大的華僑，偉大的華僑啊！
支持八年抗戰，最後勝利堪誇；
復員建設，熱烈參加；
團結，團結，團結保衛大中華。

中華！中華！
我們創造的大中華，我們保衛的大中華，
帝俄肆虐，共匪張牙。
山河破碎，欲歸無家。

偉大的華僑，偉大的華僑啊！
團結，團結，精誠團結，
誓要復興民有民治民享的大中華。

父親節歌

民國五十三年應香港孔聖堂之請而作

父兮生我，德貫三綱，拊畜長育，勞瘁慈祥。
鯉遵庭訓，詩禮用張。燕山矩範，五桂名揚。
為子喪明，情深卜商。顧雍捏掌，血染襟裳。
春暉覆照，愛日孔長。行親遺體，敬本勿忘。

母親節歌

民國四十五年應港九居民聯合會之請而作

母親！母親！偉大的母親！
推乾就濕，倚閭倚門，和丸畫荻，刺背擇隣。
以自己的勞瘁，換取兒女的幸福，
以兒女的成就，抵償自己的酸辛。
真誠的母愛，罔極的親恩。
如天高，如地厚，如流遠，如海深。
我愛母親，我敬母親，
自愛愛國，行道立身。

兒童節歌

春和氣暖，日白天青。
四月四日，新生好景。
我們多歡喜，我們快長成。
好姊妹！好弟兄！快快來，齊高興。
我們有活潑的身手，我們有嘹喨的歌聲。
好姊妹！好弟兄！祝佳節，愛好景。
及時奮發，努力前程。

紀念歌、祝壽歌

自由砥柱（總統　蔣公紀念歌）

優優大哉，總統　蔣公。
自由砥柱，民主帡幪。
繼　國父匡濟之大業，承先聖治平之宏風。
與天地合德，與日月同功。
建軍定國，攘寇誅凶。
裕民生而固邦本，行憲政以進大同。
澤流中外，仰止無窮。
民彝物則，萬世斯宗。

陳濟棠先生紀念歌

防城陳公，休休有容；為黨為國，至誠至忠。
建設百粵，永垂厥功；中樞翊贊，績懋司農。
甘棠遺愛，口碑攸同；育才振德，多士嚮風。
勛崇上將，令典飾終；光昭史册，氣塞蒼穹。

江茂森先生暨德配梁夫人八秩壽辰祝壽歌

潘州長者，曰我江公；待人以恕，處事則忠。
九章在握，七曜羅胸；黜華務實，言愼行中。
獻身黨國，克建懋功；栽桃植李，鬱鬱葱葱。
大德必壽，雙輝攸同；蘭芬桂馥，共慶喬松。

校歌及學校生活歌

香港大同中學校歌

大同中學校訓：「仁」

光融香海，秀拔爐峯；遵行大道，樹立大同。

講信修睦，藹藹成風；賢能誕育，為國效忠。

莘莘學子，勃勃蓬蓬；志堅如鐵，氣壯如虹。

任重致遠，肆外閎中；一心一德，惟仁是從。

大同中學進行曲

旗飄飄，鼓咚咚，大同健兒，意志集中。
握着拳，挺着胸，
齊一步伐，振起雄風。
我們是熱血的青年，我們是民主的前鋒。
我們的隊伍是勇猛的游龍，
我們的歌聲是自由的洪鐘。
心懷千重恨，氣貫萬丈虹。
山可拔，鐵可鎔；復國報國，及時建功。

開闢

大同創校時的生活歌

我們是開山老祖，我們是開山老祖。
打破崎嶇障礙，開闢大同之路。
身手好，熱情高。
誰也不肯敷衍，誰也不會疲勞。
我們是開山老祖，我們是開山老祖。
打破崎嶇障礙，開闢大同之路。
説得到，做得到；
自己的前程自己開，自己的樂園自己造。

大同之晨

爽氣方新，曙光初亮；
多少青年，魚貫的跑向大同路上。
一陣清脆的號音，國旗在上空飄揚；
花也微笑，鳥也歡暢。
綠竹前，歌聲喨；蒼松下，旗聲響。
有人吟誦在安舒的磐石，有人跳躍在平坦的廣場。
大自然任我們享受，大自然任我們欣賞。
我們要發揮這活潑的朝氣，我們要開展這新生的景象。

德明月夜

高州德明中學校舍位於高州車兒嶺第一河畔

玉宇清明，氷輪似鏡，車嶺夜涼人靜。
看！桂華流瓦，楊花糝徑，一彎溪水倍晶瑩；
更臨流低椏花枝，搖曳弄清影。
疏林掩映處，黌舍連楹，隱隱透書聲。
漫說寂寞淒清，聽一聲號角，吟誦初停；
燈光點點散流螢。
林間，亭畔，朅來濟濟羣英。
放步高歌且談笑，悠揚聲韻更怡情。
最留人，良宵好景，怎奈報眠號角鳴。

德明勞動歌

抗戰時期高州德明中學生活歌

放下筆桿，離開課堂，舉起鋤頭，拿出力量。
為了偉大責任要擔當，我們要鍊成鋼鐵的肩膀。
我們這一羣小小的勞動者啊！
正面對着抗戰建國的方向。
刻苦耐勞，做個中華民族的好漢。
我們看不慣那公子哥兒的柔弱樣。
我們不怕流血，我們那怕流汗。
這是德明的精神，幹！幹！幹！
來！來！來！來！

盡量工作，盡情歌唱，舉起鋤頭，拿出力量。
我們不怕流血，我們那怕流汗。
這是德明的精神，幹！幹！幹！

我愛德明

我愛德明，我愛德明，德明是快樂的家庭。
我愛德明，我愛德明，德明是快樂的家庭。
聽！和諧的歌韻，聽！愉快的笑聲；
這裏洋溢着國家的生命。
看！師長們循循善誘，兄弟們拳拳服膺；
這裏充滿了民族的精英。
為了紀念偉大的　國父，培養着這一羣三民主義的前哨兵。
共同工作，努力學習，
多麼慈祥懇摯，多麼親愛精誠。
我愛德明，我愛德明，我愛護這快樂的家庭。

天主教華德學校校歌

枕獅山而面香海，仰華德以立黌宮。
與主同在，寶訓是從。
神形兼祐，德教乃隆；
樹人樹木，鬱鬱葱葱。
英才誕育，為衆效忠；
愛隣若己，天下為公。
涵汪洋之大量，駕峻嶺之雄風。
大哉我校，如月之永恒，如日之方中。

九龍火炭公立學校校歌

校訓：德，智，勤，毅

九龍半島，沙田之東，佛子坳上，立我黌宮。
厥名火炭，烈燄熊熊，生比鋼鐵，師如匠工。
鍛之鍊之，既冶且鎔，德智是尚，勤毅成風。
莘莘學子，郁郁葱葱，名實相副，造極登峯。

天主教柏德學校校歌

澄明香海，曠衍九龍。
皇皇我校，矗立其中。
繼柏增之遺志，颺柏增之高風。
樹人樹木，化惑啓蒙。
洛爾士子，夙夜景從。
愛人愛主，必敬必忠。
沐聖教之恩寵，為民衆之前鋒。
克承克紹，柏德永隆。

天主教聖若翰學校校歌

校訓：真理，剛毅，誠樸，謙恭

汪洋香海，半島之東；紀念若翰，立我黌宮。
巍巍聖德，惟吾所宗；仰高鑽堅，夙夜景從。
苦身克己，誠樸謙恭；辟邪養正，化惑啓蒙。
莘莘學子，勃勃蓬蓬；真理剛毅，造極登峯。

九龍光明學校校歌

元朗區，大旗嶺，莊嚴校舍，丕顯光明。
這是我們生長園地，也是我們溫暖家庭。
教師是父母叔伯，同學是姊妹弟兄。
互愛互勵，團結精誠。
姊妹姊妹！弟兄弟兄！
社會要我們改進，國家要我們復興。
振起我們志氣，勿負我們年青。
努力德業，耀我光明。

香港永康中學早操歌

曙光亮，艷陽昇。
鑽石山下，濟濟羣英。
舞之蹈之，欣欣向榮。
動作與節拍一致，
哨子與歌聲共鳴。
發揮着活力，充滿了熱情。
鍊成強健體魄，不負永康之名。

香港眞光中學綠白社姊姊班對妹妹班辭別歌

別離！別離！三載切磋勸勉，今朝握別臨歧。
意惘惘，情依依，何日才是再會期。
月有陰晴圓缺，人有離合歡悲。
綠之和，白之潔，永恒媲美。
行矣妹妹！叮嚀囑咐你：
從今為人姊，責任重無比。
擔起！擔起！熱誠擔起！

香港眞光中學高三對高二辭別歌

別了，妹妹們！
我沒有滔滔的眼淚，也說不出我如何的別惜離傷。
有的是：一顆依戀的心，在熱烘烘的空氣中蕩漾。
理智告訴我：距離攔不斷我們，我們的精神密切如常。
別了，妹妹們！
大姊姊的責任，讓你們擔當。
最高的石階，你們要好好踏上。
從今後，
年幼的妹妹要你們照料，真理之光要你們加強。

滄海叢刊已刊行書目(七)

書名	作者	類別
文學欣賞的靈魂	劉述先	西洋文學
西洋兒童文學史	葉詠琍	西洋文學
現代藝術哲學	孫旗譯	藝術
書法與心理	高尚仁	藝術
音樂人生	黃友棣	音樂
音樂與我	趙琴	音樂
音樂伴我遊	趙琴	音樂
爐邊閒話	李抱忱	音樂
琴臺碎語	黃友棣	音樂
音樂隨筆	趙琴	音樂
樂林蓽露	黃友棣	音樂
樂谷鳴泉	黃友棣	音樂
樂韻飄香	黃友棣	音樂
色彩基礎	何耀宗	美術
水彩技巧與創作	劉其偉	美術
繪畫隨筆	陳景容	美術
素描的技法	陳景容	美術
人體工學與安全	劉其偉	美術
立體造形基本設計	張長傑	美術
工藝材料	李鈞棫	美術
石膏工藝	李鈞棫	美術
裝飾工藝	張長傑	美術
都市計劃概論	王紀鯤	建築
建築設計方法	陳政雄	建築
建築基本畫	陳榮美 楊麗黛	建築
建築鋼屋架結構設計	王萬雄	建築
中國的建築藝術	張紹載	建築
室內環境設計	李琬琬	建築
現代工藝概論	張長傑	雕刻
藤竹工	張長傑	雕刻
戲劇藝術之發展及其原理	趙如琳	戲劇
戲劇編寫法	方寸	戲劇

滄海叢刊已刊行書目(六)

書名	作者	類別
人生小語(一)(二)	何秀煌	文學
印度文學歷代名著選(上)(下)	糜文開	文學
寒山子研究	陳慧劍	文學
孟學的現代意義	王支洪	文學
比較詩學	葉維廉	比較文學
結構主義與中國文學	周英雄	比較文學
主題學研究論文集	陳鵬翔主編	比較文學
中國小說比較研究	侯健	比較文學
現象學與文學批評	鄭樹森編	比較文學
記號詩學	古添洪	比較文學
中美文學因緣	鄭樹森編	比較文學
比較文學理論與實踐	張漢良	比較文學
韓非子析論	謝雲飛	中國文學
陶淵明評論	李辰冬	中國文學
中國文學論叢	錢穆	中國文學
文學新論	李辰冬	中國文學
分析文學	陳啓佑	中國文學
離騷九歌九章淺釋	繆天華	中國文學
苕華詞與人間詞話述評	王宗樂	中國文學
杜甫作品繫年	李辰冬	中國文學
元曲六大家	應裕康 王忠林	中國文學
詩經研讀指導	裴普賢	中國文學
迦陵談詩二集	葉嘉瑩	中國文學
莊子及其文學	黃錦鋐	中國文學
歐陽修詩本義研究	裴普賢	中國文學
清真詞研究	王支洪	中國文學
宋儒風範	董金裕	中國文學
紅樓夢的文學價值	羅盤	中國文學
中國文學鑑賞舉隅	黃慶萱 許家鸞	中國文學
牛李黨爭與唐代文學	傅錫壬	中國文學
浮士德研究	李辰冬譯	西洋文學
蘇忍尼辛選集	劉安雲譯	西洋文學

滄海叢刊已刊行書目(五)

書名	作者	類別
燈下燈	蕭蕭	文學
陽關千唱	陳煌	文學
種籽	向陽	文學
泥土的香味	彭瑞金	文學
無緣廟	陳艷秋	文學
鄉事	林清玄	文學
余忠雄的春天	鍾鐵民	文學
卡薩爾斯之琴	葉石濤	文學
青囊夜燈	許振江	文學
我永遠年輕	唐文標	文學
思想起	陌上塵	文學
心酸記	李喬	文學
離訣	林蒼鬱	文學
孤獨園	林蒼鬱	文學
托塔少年	林文欽編	文學
北美情逅	卜貴美	文學
女兵自傳	謝冰瑩	文學
抗戰日記	謝冰瑩	文學
我在日本	謝冰瑩	文學
給青年朋友的信(上)(下)	謝冰瑩	文學
孤寂中的廻響	洛夫	文學
火天使	趙衛民	文學
無塵的鏡子	張默	文學
大漢心聲	張起鈞	文學
回首叫雲飛起	羊令野	文學
康莊有待	向陽	文學
情愛與文學	周伯乃	文學
湍流偶拾	繆天華	文學
文學邊緣	周玉山	文學
大陸文藝新探	周玉山	文學
累廬聲氣集	姜超嶽	文學
實用文纂	姜超嶽	文學
林下生涯	姜超嶽	文學
材與不材之間	王邦雄	文學

書名	作者	類別
中國歷史精神	錢穆	史學
國史新論	錢穆	史學
與西方史家論中國史學	杜維運	史學
清代史學與史家	杜維運	史學
中國文字學	潘重規	語言
中國聲韻學	潘重規 陳紹棠	語言
文學與音律	謝雲飛	語言
還鄉夢的幻滅	賴景瑚	文學
葫蘆・再見	鄭明娳	文學
大地之歌	大地詩社	文學
青春	葉蟬貞	文學
比較文學的墾拓在臺灣	古添洪 陳慧樺	文學
從比較神話到文學	古添洪 陳慧樺	文學
解構批評論集	廖炳惠	文學
牧場的情思	張媛媛	文學
萍踪憶語	賴景瑚	文學
讀書與生活	琦君	文學
中西文學關係研究	王潤華	文學
文開隨筆	糜文開	文學
知識之劍	陳鼎環	文學
野草詞	韋瀚章	文學
現代散文欣賞	鄭明娳	文學
現代文學評論	亞菁	文學
當代臺灣作家論	何欣	文學
藍天白雲集	梁容若	文學
思齊集	鄭彥荼	文學
寫作是藝術	張秀亞	文學
孟武自選文集	薩孟武	文學
小說創作論	羅盤	文學
往日旋律	幼柏	文學
現實的探索	陳銘磻編	文學
金排附	鍾延豪	文學
放鷹	吳錦發	文學
黃巢殺人八百萬	宋澤萊	文學

滄海叢刊已刊行書目 (三)

書名	作者	類別
我國社會的變遷與發展	朱岑樓主編	社會
開放的多元社會	楊國樞	社會
社會、文化和知識份子	葉啓政	社會
臺灣與美國社會問題	蔡文輝 蕭新煌 主編	社會
日本社會的結構	福武直 著 王世雄 譯	社會
財經文存	王作榮	經濟
財經時論	楊道淮	經濟
中國歷代政治得失	錢穆	政治
周禮的政治思想	周世輔 周文湘	政治
儒家政論衍義	薩孟武	政治
先秦政治思想史	梁啓超原著 賈馥茗標點	政治
憲法論集	林紀東	法律
憲法論叢	鄭彥棻	法律
師友風義	鄭彥棻	歷史
黃帝	錢穆	歷史
歷史與人物	吳相湘	歷史
歷史與文化論叢	錢穆	歷史
歷史圈外	朱桂	歷史
中國人的故事	夏雨人	歷史
老臺灣	陳冠學	歷史
古史地理論叢	錢穆	歷史
秦漢史	錢穆	歷史
我這半生	毛振翔	歷史
三生有幸	吳相湘	傳記
弘一大師傳	陳慧劍	傳記
蘇曼殊大師新傳	劉心皇	傳記
當代佛門人物	陳慧劍	傳記
孤兒心影錄	張國柱	傳記
精忠岳飛傳	李安	傳記
師友雜憶 八十憶雙親 合刊	錢穆	傳記
困勉強狷八十年	陶百川	傳記

滄海叢刊已刊行書目(二)

書名	作者	類別
老子的哲學	王邦雄	中國哲學
孔學漫談	余家菊	中國哲學
中庸誠的哲學	吳怡	中國哲學
哲學演講錄	吳怡	中國哲學
墨家的哲學方法	鍾友聯	中國哲學
韓非子的哲學	王邦雄	中國哲學
墨家哲學	蔡仁厚	中國哲學
知識、理性與生命	孫寶琛	中國哲學
逍遙的莊子	吳怡	中國哲學
中國哲學的生命和方法	吳怡	中國哲學
儒家與現代中國	韋政通	中國哲學
希臘哲學趣談	鄔昆如	西洋哲學
中世哲學趣談	鄔昆如	西洋哲學
近代哲學趣談	鄔昆如	西洋哲學
現代哲學趣談	鄔昆如	西洋哲學
思想的貧困	韋政通	思想
佛學研究	周中一	佛學
佛學論著	周中一	佛學
現代佛學原理	鄭金德	佛學
禪話	周中一	佛學
天人之際	李杏邨	佛學
公案禪語	吳怡	佛學
佛教思想新論	楊惠南	佛學
禪學講話	芝峯法師	佛學
圓滿生命的實現(布施波羅蜜)	陳柏達	佛學
絶對與圓融	霍韜晦	佛學
不疑不懼	王洪鈞	教育
文化與教育	錢穆	教育
教育叢談	上官業佑	教育
印度文化十八篇	糜文開	社會
中華文化十二講	錢穆	社會
清代科舉	劉兆璸	社會
世界局勢與中國文化	錢穆	社會
國家論	薩孟武譯	社會
紅樓夢與中國舊家庭	薩孟武	社會
社會學與中國研究	蔡文輝	社會

滄海叢刊已刊行書目（一）

書名	作者	類別
國父道德言論類輯	陳立夫	國父遺教
中國學術思想史論叢（一）（二）（三）（四）（五）（六）（七）（八）	錢穆	國學
現代中國學術論衡	錢穆	國學
兩漢經學今古文平議	錢穆	國學
朱子學提綱	錢穆	國學
先秦諸子論叢	唐端正	國學
先秦諸子論叢（續篇）	唐端正	國學
儒學傳統與文化創新	黃俊傑	國學
宋代理學三書隨劄	錢穆	國學
莊子纂箋	錢穆	國學
湖上閒思錄	錢穆	哲學
人生十論	錢穆	哲學
中國百位哲學家	黎建球	哲學
西洋百位哲學家	鄔昆如	哲學
比較哲學與文化（一）（二）	吳森	哲學
文化哲學講錄（一）（二）（三）（四）	鄔昆如	哲學
哲學淺論	張康	哲學
哲學十大問題	鄔昆如	哲學
哲學智慧的尋求	何秀煌	哲學
哲學的智慧與歷史的聰明	何秀煌	哲學
內心悅樂之源泉	吳經熊	哲學
哲學與宗教（一）（二）	傅偉勳	哲學
愛的哲學	蘇昌美	哲學
是與非	張身華譯	哲學
語言哲學	劉福增	哲學
邏輯與設基法	劉福增	哲學
知識·邏輯·科學哲學	林正弘	哲學
中國管理哲學	曾仕強	哲學